paris, o8!

MARIO PRATA

paris, 98!

uma novela irreverente sobre as
aventuras de um brasileiro na copa

Copyright © 2005 Mario Prata

Todos os direitos desta edição reservados à
EDITORA OBJETIVA LTDA. Rua Cosme Velho, 103
Rio de Janeiro — RJ — CEP: 22241-090
Tel.: (21) 2199-7824 — Fax: (21) 2199-7825
www.objetiva.com.br

Capa
Silvara Mattievich

Revisão
Tereza da Rocha
Damião Nascimento
Diogo Henriques
Taís Monteiro

Editoração Eletrônica
Abreu's System Ltda.

P912p Prata, Mario
        Paris, 98! / Mario Prata. - Rio de Janeiro : Objetiva, 2006

        104 p.   ISBN 85-7302-780-0

        1. Literatura brasileira - Romance. I. Título
                                           CDD B869.3

Para Matthew Shirts, que também estava lá.

"O segredo do grande jogador é jogar com entusiasmo e, sobretudo, pensar cada jogada antes da bola lhe chegar aos pés. O importante, portanto, não é ver a jogada, mas antever."

Pelé

sumário

Minha vida nunca mais seria a mesma 11

Quanto é que não deve custar pintar a Torre Eiffel
    todo ano? 15

Assistir a uma Copa do Mundo era um sonho 19

Quando os jogadores formam a barreira, ele acha
    que estão posando para foto 23

Ja vudré prandr mõn páti dejône! 27

Paris é o seguinte: andar. Andar por andar 31

Entreguei, pela primeira vez na vida, o meu
    passaporte 35

Isso tudo é de graça 39

Inocente, puro e besta 43

Biquíni de bolinha amarelinha 47

Dessas com cabelos meio enroladinhos que caem
    pelo ombro 51

Juro que tinha até macarronada no café-da-manhã	55
Com açúcar e com afeto, caprichei no desodorante	59
Tentei me concentrar em mim	63
Assisti ao jogo pela televisão de pé e em francês	67
Ali mora a Catherine Deneuve	71
Só quero te dar um tênis novo	75
O que me impressionou na Torre Eiffel foram os parafusos	79
Dar um beijo em sua boca e seja-o-que-Deus-quiser	83
Mas o Brasil estava distante de mim	87
Sabem quanto tá o dólar lá no Brasil?	91
Ronaldo triste, cansado, evitando a imprensa	95
Adeus, banco, adeus, Universidade Federal	99
O FIM	103

Minha vida nunca mais seria a mesma

Meu nome é Gregório Mórus, sou da Mooca, bairro operário de São Paulo, cheio de descendentes de italianos.

Trabalho no câmbio do Bradesco.

Tenho 34 anos e, pra quem se interessa, digo que sou de Aquário e todo mundo comenta que eu vivo cem anos na frente.

Fui criado ali perto da rua Javari, onde fica o Juventus, time do qual o meu avô espanhol — daí o Mórus — diz ter sido conselheiro vitalício, na Gomes de Moraes.

Ganho uns 500 reais por mês. Quando faço hora extra. E faço todo dia...

Sou casado com a Magdala, que eu namorava desde que a gente tinha uns 13. Só de noivado foram dez anos. Casei há três meses. Com tudo o que tinha direito. Demorei pra casar por isto: queria do bom e do melhor em matéria de eletrodomésticos e móveis. E hoje temos. Tá certo que o apartamento é alugado, mas eu chego lá. Como costuma dizer a minha sogra, o apartamento "está um brinco, Gorinho".

Minha vida nunca mais seria a mesma desde que eu vi aquele microondas no anúncio das Casas Bahia. O Gugu me convenceu. E, de quebra, ainda concorria para assistir à Copa do Mundo lá na França, com tudo pago. Mas não foi por isso que eu comprei, não. Tava em liquidação e, realmente, é coisa de Primeiro Mundo, como costuma dizer o meu sogro. Só vendo mesmo.

Eu dizia que a minha vida nunca mais seria a mesma.

A coisa toda começou quando o Agamenon, que é uma espécie de cobrador do seu Gomes, me deu um toque lá no bar do Marquinhos.

— Tua dívida com o home tá pra mais de dez pau. Cumequié?

O que aconteceu foi o seguinte: eu saquei que, com o dinheiro do banco, eu nunca ia poder comprar as coisas de Primeiro Mundo que eu queria. Pra casar. O seu Gomes empresta dinheiro. Vive disso. Não gosto da palavra, mas o que ele é mesmo é agiota. Tem o mesmo nome da minha rua, sei lá. Foi com ele que eu levantei a grana do casamento.

Naquela época, eu achava que ia pegar a subgerência do Ipiranga. Não da avenida Ipiranga, que era um sonho muito alto, mas do bairro. Ia resolver o meu problema. Mas escolheram o Fernandinho. O gerente me chamou:

— Seu currículo é impecável, Gregório. Não fora (foi assim mesmo que ele falou; fora), não fora aquelas três faltas no ano passado.

Agora o seu Gomes tá no meu pé. Se você olhar para ele, sem saber das suas histórias, você vai dizer:

— Preocupado com o seu Gomes? Mas o cara é um anão. Manda ele passear! Paga quando puder.

Dizem — nunca ninguém provou — que ele já mandou matar dois. O pessoal fala, não sei, sabe como é que é, né?

São dez paus. Dez paus e pouquinho. Mês que vem aumenta. A única coisa de que eu tenho certeza na vida é que todo mês aquela porra vai aumentar.

Mas eu tinha que faltar aqueles três dias no ano passado? O doutor Mesquita não quis me dar um atestado de jeito nenhum. Eu contava com aquilo quando resolvi emendar a semana lá no Perequê, praia finíssima do Guarujá.

Me azarei depois. O Fernando, que nem sabia converter iene legal, nunca deve ter faltado. Mais de mil por mês. Líquido! Em um ano eu pagava o calhorda do seu Gomes e partia pru Gol 1.8, sonho da Magdala. E meu. Vermelho, meu amor.

No dia primeiro de abril, uma quarta-feira, eu estava, como sempre, no banco, trabalhando. Tava uma zona, porque a Bolsa lá na Ásia tinha dado uma inesperada oscilada e quem se danava era eu lá no banco. Pelo menos dava hora extra honesta. Toca o telefone na mesa da gerente. Umas dez. Ela me fez um sinal levantando o aparelho. A Maria Alice não gosta que as pessoas liguem pra gente na mesa dela.

— Vá gozar a mãe!!! Desculpa, Maria Alice.

Desliguei e voltei para meus ienes.

quanto é que não deve custar pintar a torre eiffel todo ano?

Voltei para o Japão, para as Filipinas, para a Ásia. Era um primeiro-de-abril. "Aqui é das Casas Bahia e o senhor ganhou um pacote para a Copa da França!" Pode? Podia, porque daí a pouco tocou o telefone de novo na mesa da Maria Alice. Fiquei de rabo de olho. Ela atendeu, colocou o telefone em cima da mesa e foi até a minha. Abaixou um pouco — estava de sutiã preto:

— É o cara de novo.

Era verdade. O microondas.

Voltei para o meu lugar e sentei de novo. A primeira coisa que eu tive vontade de fazer foi mandar a Maria Alice e o banco pra puta que os pariu. Mas depois fui caindo na realidade. Melhor não. Era cedo, ainda.

A Magdala não acreditou.

— Primeiro-de-abril pra cima de mim, Gorinho?

Fiquei olhando para a cara dela. E se tivesse mesmo sido um primeiro-de-abril? Mas o cara falou até o número da nota fiscal, cara!

Tava pensando nisso quando a Magdala abriu a gaveta da escrivaninha de cerejeira toda encerada, tirou um envelope lá de dentro e me entregou. Era do Laboratório de Análises Clínicas da Mooca, há mais de cinqüenta anos, agora em prédio próprio.

— Primeiro-de-abril? — eu disse assustado.

Com os olhos cheios d'água, ela:

— Não, amor! O Gregorinho vai ser papai!

O abraço durou uns vinte minutos, em silêncio. Nossos corpos balançavam ao ritmo das lágrimas.

Meia hora de cervejas depois:

— Quanto?

A Magdala fez cara de quem tinha percebido que eu estava desbundado com o que ouvia do outro lado da linha. Confirmei:

— Trinta e dois mil, duzentos e quarenta dólares!!!

A Magdala girou a tampinha da cerveja. Caiu sentada na poltrona. Não dizia nada. Pensava nos 32 paus. Eu também não dizia nada. Bendito microondas. Trinta e dois paus! Fora os quebrados. Seu Gomes.

A Magdala conseguiu não só abrir a cerveja, como entornar quase tudo no carpete novo, amarelo-vivo. A gente começou sorrindo e acabou gargalhando mesmo. Deus existia. E morava na Mooca. Mas a Magdala, que é de Áries, é complicada:

— Pode receber em dinheiro?

— Claro!

Eu disse sem nenhuma convicção.

Pode? Liguei, de novo, para a agência de turismo. Me pediram para passar lá. Três da tarde. Sujou?

— Se não puder receber em dinheiro, não vou.

— A gente faz uma vaquinha, bem.

— Tá pensando que Paris é o quê? Aquilo lá deve ser caro pra burro. Já pensou quanto é que não deve custar pintar a Torre Eiffel todo ano? E lavar aquela igreja do corcunda? Notre Dame! É esse o nome.

— Quanto tá o dólar?

— Um real. Pau a pau.

Mais tarde:

— Lei?

— É, é lei. A gente não pode entregar o valor do pacote em dinheiro. O senhor tem que ir.

Tenho que ir. Martelava na cabeça. Tenqueir parece palavra francesa.

Aquele tenqueir foi dito por uma funcionária simpática e que parecia entender das leis. Eu tenqueir, madame.

Assistir a uma copa do mundo era um sonho

— O senhor vai gostar. O senhor ganhou o pacote "primeira classe", o que significa que vai viajar na primeira classe, ficar em hotel cinco estrelas — cinco estrelas de Paris!, acentuou ela —, assistir aos jogos em lugares "previlegiados" e, ainda por cima, ficar num quarto *single*. Quarto *single*!!! Ônibus do hotel para a estação de trem, TGV para Nantes e Marselha. Trezentos por hora!!! Lugar reservadíssimo. Parabéns, senhor Mórus!

— TGV?

— Trem-bala. Tour por Paris, circuito do champanhe, viagem à Bélgica. Eurodisney.

— Quarto síngol, é?

— Sim, senhor Mórus. *Single!* O senhor embarca dia 9, às oito da manhã. Pelo fuso horário, vai chegar na madrugada do dia 10 em Paris. O Brasil estréia contra a Escócia às quatro da tarde.

Não posso deixar de registrar que aquele negócio de senhor Mórus eu tinha gostado. E muito. A Dayse era uma moça muito da gostosa, cá entre nós. E estava com uma espécie de uniforme chique vermelho. Mulher de vermelho me deixa doido. Me mata.

— Não, Magdala. Não tem jeitinho nenhum. Ou eu vou, ou eu não vou. Tem jeitinho, não. Quarto síngol, acredita?

— O quê?

— O quarto é síngol.

— Ah, claro... E o que que é quarto síngol?

— Sei lá. Mas deve ser coisa finíssima. Do jeito que a Dayse falou. Quanto você tem na poupança, amor?

— Uns 118.

— É, não posso ir para um quarto síngol com cento e poucos paus. Tem uísque?

— Acabou. Esqueceu? Mas nem se vender pela metade do preço?

— Tem jeito, não. Melhor esquecer esse negócio e pensar no bebê.

— E o seu Gomes?

Não era no seu Gomes que eu mais pensava.

Sempre fui tarado por futebol. Desses metidos a entender. Sei até quem foi o reserva do Zito em 62. Assistir a uma

Copa do Mundo era um sonho. Mas era um sonho como ter uma Ferrari, morar num apartamento grande, espaçoso, viajar para a Lua. Coisa distante, impossível mesmo. Ficava vendo os jogos do Brasil nas últimas Copas e me imaginando lá, com a camisa amarela, cara pintada, a bandeira do Brasil enrolada no pescoço. Na Copa de 70 eu tinha uns seis, sete anos. É a primeira de que eu me lembro. Lembro de um jogo contra o Uruguai e meu pai dizendo que ia ser o jogo da vingança. Me contou da Copa de 50, do Gighia, do Barbosa. Desde então, nenhum goleiro negro defendeu o gol do Brasil em Copas, me lembro dele dizendo.

Assistir a uma Copa do Mundo. Em Paris!, ainda por cima. Eu tinha que tirar isso da minha cabeça e cair na real. O filho que ia nascer, o Bradesco, o seu Gomes. Minha vida era isso. Mais nada.

Jantamos em silêncio. Nem elogiei a lasanha. Nem do bebê a gente falava. Pensava no Fernandinho. Devia estar contente. Pegou a subgerência. Puxa-saco. Pensei até em brigar com a Magdala porque o café estava frio. Mas logo percebi que eu é que tinha demorado para tomar. Minha cabeça não estava ali. Estava em Paris, estava nos pés do Ronaldo.

Paris: Torre Eiffel, Arco do Triunfo, o rio Sena, o Museu do Louvre. O que mais eu sabia de Paris? Acho que nada. Cidade Luz, isso. Meu pai me contando histórias da Brigitte Bardot. Quantos anos será que ela deve ter agora? Cuida de bicho, parece.

Tinha também o Paris Saint-Germain, o time em que o Raí jogou. E tinha, é claro, a imagem do Zico perdendo aquele pênalti em 86 contra a França. Tudo na cabeça, duma vez só.

quando os jogadores formam a barreira, ele acha que estão posando para foto

Tomei o café gelado e fui para a cama. Peguei o jornal e fui ler. Faltava um mês para a Copa. Lia sobre os treinos da Seleção. Magdala gritou da sala:

— Benhê! Benhê!

Entrei correndo.

— Dadala?

— Sabe o que que o *Jornal Nacional* deu? Que os ingressos da Copa, os ingressos da Copa, Gregório, que os ingressos da Copa estão esgotados e estão vendendo no câmbio negro por uma grana preta.

— E daí?

— Senta, Gregório. Senta e siga o meu raciocínio. Pelo amor de Deus, Gregório!

Sentei ainda um pouco com os olhos no treino da Seleção.

— Você vai. Chega lá, pega os ingressos e vende. Faz que vai pru jogo, mas não vai. Vende! Vai, tá valendo uma grana. Vai que o Brasil chegue até a final. Quantos jogos são?

— Sete.

— Então?

Fiquei olhando pra ela. Eu não tinha a menor idéia de quanto custava o ingresso. Muito menos no câmbio negro.

— Entendeu, Gorinho?

— Dadala, ir até lá e vender os ingressos? Não assistir aos jogos?

— Quanto a gente deve para o seu Gomes?

— Uns sete e pouco.

— Gregório, fala a verdade.

É difícil confessar as dívidas da gente. Principalmente para a mulher. Grávida.

— Hein?

— Uns dez!

— Tá resolvido. Você vai. A gente faz uma vaquinha, dá um jeito daqui, dá um jeito dali e você vai. E vende os ingressos.

Ir a uma Copa do Mundo e vender os ingressos?

Eu precisava de tempo para pensar melhor naquilo. Fazer umas contas, ver o câmbio. Quanto é que custa um misto quente por lá? Um Big Mac? Dizem que a Coca está quatro dólares, imagine o resto. A Magdala estava delirando.

— Ninguém precisa saber. Principalmente o pessoal da agência.

— E se o Brasil não passar nem da primeira fase?

— Vai passar! O Brasil tem que passar da primeira fase. Tem! A gente depende disso. O Brasil não pode perder.

Pensei longe:

— Quer dizer que o nosso futuro está nas mãos do Zagalo?

— E nos pés do Ronaldo e do Romário?

— Será que o Brasil chega lá?

— Tem que chegar na final! Tem!!!

— Me dá um uísque.

— Acabou. Esqueceu?

Esse esqueceu se referia ao porre pela nomeação do Fernandinho para a sub.

E para convencer a Maria Alice que o Bradesco tinha que me dar férias? Ainda por cima, mais de quarenta dias, ela disse. Não tem nem três meses que voltou de férias, Gregório!

— Mas eu tinha que tirar férias para casar, Maria Alice. Ou não?

Quase que eu falei: ou queria que eu passasse a lua-de-mel aqui em cima da minha mesa e dos meus carimbos e das minhas fichas e da minha máquina de calcular — já pedi uma nova, não adianta — e da almofadinha da cadeira? Tá certo que ela foi até simpática quando soube que eu havia ganhado o pacote primeira classe, mas vamos e venhamos. Tive que passar por cima dela e ir falar com o gerente-geral, o Macário, que, absolutamente, não gosta de futebol. Não entende de futebol. Quando os jogadores formam a barreira, ele acha que estão posando para foto.

ja vudré prandr mõn páti dejône!

Q uando eu falei com ele, ele ficou quieto, me olhando, analisando. Talvez com inveja, pensei na hora. Pouca gente sabia do problema do seu Gomes, da grana que eu estava devendo. Ele ficou me olhando e eu fiquei olhando para ele. Não sabia se seria interessante ele saber que um funcionário dele andava metido com agiotagens. Ele não devia ter esse problema, ganhava três paus por mês, eu sabia. Podia-se perceber isso olhando a camisa dele e a gravata. Coisa de rico. A camisa era daquelas azuis com a gola branca, sabe? A gravata devia ser cara: tinha todas as cores do arco-íris. Coisa de rico.

Ele se debruçou na mesa, chegando mais perto de mim.

— Lá em Paris tem uma lojona chamada Galeria Lafayette. Galeria Lafayette. Todo mundo sabe onde é. Tipo Mappin, sabe? Você vai me trazer duas gravatas. Da Galeria Lafayette. Tem que ter a etiqueta. Te dou os dólares para comprar. Gravatas francesas, é claro. E um par de abotoaduras prateadas com dois cavalinhos em cada uma delas. Um colega da central de Osasco comprou lá. Não tem erro: são prateadas e têm dois cavalinhos.

— Quer dizer que…

— Calma. Vou falar com a direção-geral. E, se tudo der certo, mando organizar uma vaquinha aqui no banco. A do casamento deu quanto?

— Quase duzentos!

— Essa vai dar mais. Sabe como o pessoal gosta de futebol. Falar nisso, tá sabendo que o banco vai mudar o horário de funcionamento por causa dos jogos, né? Agora me responde: um país desses pode ir pra frente?

Cantarolei dentro de mim: "Pra frente, Brasil, salve a Seleção! De repente é aquela corrente pra frente, parece que todo o Brasil deu a mão."

A vaquinha, depois que a direção-geral liberou a minha licença — sem remuneração! —, a vaquinha deu pouco mais de cem paus.

Isso é inveja, como disse a Dadala para os pais dela, no churrasco domingo na casa do meu sogro.

O churrasco de despedida. Minha irmã mais velha me levou um livrinho chamado *Berlitz, Francês para Viagem e Dicionário*. Cabia no bolso e era genial. Tinha todas as frases que eu ia precisar dizer lá na França. Era dividido em situações: chegada, hotel, restaurante, divertimentos, guia de compras, excursões, banco (banco!), médico e informações gerais. Tinha as frases em português, como era em francês e como era a pronúncia. Treinei com a minha irmã:

— Ja vudré prandr mõn páti dejône!

Pronto, o café-da-manhã estava garantido.

— Vuaçi mõ paçpór!

— Ja nê riã nas dêklarê.

— Çil vu plé ün butéi da kónhak!

— Mérçi.

Era mais fácil do que eu imaginava.

E quando não me entendessem, era para dizer:

— Ja ná cüi pa çür ká la prónõçiaçiõ çua jüçt.

Estava lá eu a praticar o meu francês e chega o seu Santana, velho amigo do meu pai:

— Meu filho, isso aqui vai te ajudar muito. Aqui nesse livro tem tudo sobre a França. Restaurantes, catedrais, viagens, castelos, vinhos, hotéis, mapas, cozinha, litoral e interior. Tem até o metrô de Paris. Olha o que está escrito aqui: o guia que mostra o que os outros só contam. É de quando eu fui lá.

Olhei o livro. Bonito. A edição era de 1948. Tava na capa. Ele notou que eu notei.

— Não se preocupe. A França é imutável. Nada mudou. A Notre Dame continua no mesmo lugar.

Minha mãe, com uma garrafa de vinho francês — ninguém sabe de onde surgiu:

— Meu filho, você me promete uma coisa?

— Claro, mãe.

paris é o seguinte: andar. Andar por andar

— Você me promete que vai a Lourdes visitar o santuário? Promete mesmo? Você nasceu dia 11 de fevereiro, meu filho, dia de Nossa Senhora de Lourdes. Você vai lá fazer uma visitinha, assistir à missa, comungar — hoje em dia não precisa mais confessar, não se preocupe — e, o mais importante, me trazer umas medalhinhas dela. Mas tem que ser benta. Entendeu? Benzida!

E deu um gostoso gole no gargalo do vinho francês. Tinto.

Perguntei para várias pessoas o que era apartamento síngol, mas ninguém soube me explicar. Uns, mais metidos, diziam que era o que havia de melhor em matéria de quarto de hotel em Paris. Outros, que já tinham ouvido falar. Uma, lá do banco, me garantiu que tinha espelho no teto.

Ganhei ainda uma bandeira do Brasil, oficial. Mais tarde, sairia de lá completamente embriagado, enrolado nela: pra frente, Brasil.

Um amigo do meu irmão que estava ali porque já conhecia Paris foi me explicando:

— Gregório, Paris é o seguinte: andar. A cidade é plana. Andar, andar... Andar por andar, entende?

No final do churrasco passaram um chapéu, arrecadando um dinheirinho a mais. Ninguém sabia que eu ia vender os ingressos, é claro. Tinha vergonha. Ia ficar sujo na Mooca. Sujíssimo!

Dia seguinte, em casa, na véspera da viagem, segunda-feira, dia 9, já no quarto, caímos na contabilidade. Eu ia viajar com exatos 352 dólares. São mais de dez dólares por dia, Dadala! Dava. Tinha que dar. O café-da-manhã estava incluído no pacote primeira classe. Hotel, ingressos, passagens, viagens, tudo incluído. Ia dar.

— Se for menino, vai chamar Romário!

— Deixa de besteira, Dadala!

Eu queria dar uma transada. Uma daquelas bem dadas, que garantem um mês. Mas não tinha cabeça. Nem tronco e, muito menos, membro.

Minha cabeça já estava em Paris. Se meu pai estivesse vivo, ia ficar orgulhoso de mim. Eu devia ser o primeiro Mórus a assistir a uma Copa do Mundo. A conhecer Paris! Andar por andar tinha entrado na minha cabeça.

Pendurada no cabide do quarto, a bandeira do Brasil toda brocha, caidaça. Oficial, me garantiram. Contei os dólares novamente: 352. Como se estivesse no banco, fiz a conversão em meio segundo: 2.094,40 francos franceses. Coloquei junto com o passaporte e a passagem. E o seguro-saúde, que também fazia parte da primeira classe.

O vôo ia sair às oito da manhã. Tinha que estar lá às seis. Acordar às cinco. A Dadala ia me levar. Eu sabia que não ia dormir. Estava com medo. Nunca tinha viajado de avião na minha vida. Arrotei churrasco.

— Você não me vai arrotar em francês, hein, Gorinho! Pelo amor de Deus!

Eu estava longe, muito longe dali, folheando o tal do *Berlitz*.

— Éructer.

— O quê?

— Arrotar. Em francês.

Rimos. Rimos muito. A gente estava muito feliz. Trepamos.

Nunca tinha entrado naquele aeroporto. Conhecia o de Congonhas, é claro. Mas aquele, não. Aquele era internacional. Grande pra burro. Tinha coisa escrita em tudo quanto é língua. Vermelho. Restaurante, livrarias. Parecia o Center Norte. Tava escuro ainda naquela madrugada do dia 10 de junho, dia da estréia do Brasil contra a Escócia, aqueles caras de saia, feito o marido da Lady Di.

Andando, empurrando o carrinho com uma única mala. Uma bolsa de mão da agência, amarelíssima, com um escudo da CBF. Tava me sentindo demais! No peito, um bruta dum crachá roxo escrito bem grande "Gregório Mórus" e mais embaixo "Primeira Classe". Todo metido:

— Temos que procurar o departure.

Ela riu:

— Como você é bobo, Gorinho.

— Sabe como é câmbio? Chãj.

— Chánji?

— É. Chãj. Põe a língua aqui, ó. Não, não é assim. Olha!

entreguei, pela primeira vez na vida, o meu passaporte

A fila. Eu, crente que seria o primeiro. Tinha mais de cem pessoas na nossa frente. Mas era bonita a fila. Amarela.

— Não disse que tinha que vir com a camisa amarela que a agência deu? Olha aí. Todo mundo.

— Tá frio, benhê.

Todo mundo da excursão. Camisa igual, bolsa de mão igual. Tinha uma pochete também. Amarela. Mas a pochete eu não ia ter coragem de usar. Tinha gente — pouca — com crachá roxo, como o meu. E tinha gente de crachá azul e, a maioria, vermelho. Eu estava comentando isso quando um sujeito de vermelho — igual à Dayse, a da agência, lembra? — chegou perto de mim, olhou o meu crachá, leu o meu nome, olhou para a Magdala, voltou a olhar para mim e disse:

— Por favor, senhor, me siga.

Sujou, pensei. Deu merda. Apesar dele ter a cara simpática e ter me chamado de senhor, pode ser um engano, eu não ganhei coisa nenhuma, era mesmo um primeiro-de-abril levado às últimas conseqüências. Fui seguindo o cara. Olhei para a cara da Dadala e ela devia estar pensando as mesmas besteiras que eu.

Naquele momento eu comecei a entender melhor o que estava acontecendo comigo e iria acontecer nos próximos 35 dias.

— O senhor é primeira classe!

Me levou num lugar que não tinha fila, tinha carpete vermelho, fui tratado com toda a delicadeza do mundo, a mocinha do balcão era um amor, com um uniforme muito bonito e muito bem passado. A Dadala até me olhou com ciúme.

Ela também sabia que eu estava caindo num outro mundo. Ela sabia que a partir dali eu estaria convivendo com milionários e milionárias. Sim, um cara que paga 32 mil dólares para assistir a uma Copa do Mundo é milionário! E ainda leva a mulher.

— Se o senhor quiser esperar na sala VIP, é dentro da sala de embarque.

Não contava com aquilo.

— Ela também pode ficar esperando comigo?

— Infelizmente, não. É depois de passar pela alfândega, senhor.

Era senhor demais.

Na porta do embarque internacional:

— Melhor não falar nada. Odeio despedidas. Vai indo, vai andando, como se a gente fosse se ver mais tarde. Como se nada disso estivesse acontecendo. Como se tudo isso fosse mesmo um sonho.

— Quero te pedir só uma coisa, Gregório. Uma, não. Duas. A primeira é que você, pelo amor de Deus!, venda os ingressos. Eu sei que você vai ficar com a maior vontade do mundo de assistir aos jogos, eu sei.

— Tudo bem, tudo bem, pode ficar tranqüila. Segunda coisa?

— Cuidado, cuidado com os milionários! Sem falar nas milionárias! São perigosíssimos.

Fomos dar um beijinho de leve na boca, mas a coisa foi tomando um vulto que eu tive até que me agachar, sem parar de beijar, para colocar a sacola no chão e poder usar os braços, as pernas, a barriga, tudo, naquele abraço. Era eu, a Dadala e o bebê, ali, às sete da manhã. Do outro lado do vidro, Paris.

A Dadala tinha medo que a minha vida nunca mais voltasse a ser a mesma. E eu, confesso, também.

Virei as costas e entrei rumo à Polícia Federal. Limpo, com tudo em cima. Entreguei, pela primeira vez na vida, o meu passaporte para alguém que não era a Dadala, a minha mãe, o seu Santana e a Maria do Carmo, a minha irmã mais velha. Ele olhou sério, olhou para a minha cara, voltou a olhar para a foto, olhou para mim:

— Torce pela gente, senhor Gregório!

isso tudo é de graça

Eu era alguém.

Passei por uma porta de ferro, nada apitou e eu comecei a chorar.

Tirei a bandeira da bolsa e enxuguei as lágrimas.

Um sujeito tocou uma possante corneta atrás de mim. Era o seu Agenor, meu primeiro amigo. Meu primeiro novo amigo. Nordestino, baixinho, moreno, careca e com um sorriso maravilhoso. Uns 60 anos. Bem vividos, me pareceram. Depois das apresentações.

— Primeira Copa é assim mesmo. A gente fica um pouco nervoso... É a minha quinta! Espanha, México, Itália, Estados Unidos, França. Conhece a França?

— Pouco. Só o sul. (Pode?)

Dali pra frente, a minha vida seria uma mentira só.

O que mais me impressionou na sala VIP foi o carpete. Dessa altura, ó. Poltronas de couro, mesinhas, cinzeiro pra tudo quanto é lado. Flores naturais, mocinhas uniformizadas, todas muito simpáticas. Os jornais do dia, as revistas da semana. E o bar.

Um balcão com tudo quanto é bebida, menos cachaça. Devia custar uma grana. Uns potinhos com amendoim, umas coisinhas, azeitonas e muitos, muitos guardanapos. Fora os canapés. Tinha um lá que eu acho que devia ser uma coisa que eu nunca tinha visto na vida: caviar. A Dadala, metidinha como ela é, ia querer.

Atrás de nós, um casal que eu acho que estava falando alemão, pois francês não era porque eu já estava dominando bem. Eles não falavam nem savá e nem muá. Eram umas sete e meia da manhã e o seu Agenor foi se desculpando:

— Não sou nenhum alcoólatra, mas Copa é Copa. Quer um uísque? Um vinho?

Olhei para o balcão. Devia custar uma grana preta.

— Quanto é?

— Isso tudo é de graça.

Não acreditei. Quer dizer que eu podia beber aquilo tudo, comer o caviar e era de graça? Tudo? Até o uísque?

— Vai de oito ou 12?

— Quê?

— O uísque? Oito ou 12 anos?

Dei uma de gostoso e engraçadinho:

— Não tem do ano?

Seu Agenor deu uma gargalhada gostosíssima. Foi a primeira gargalhada de muitas que eu ouviria dele durante os próximos vários dias. Seu Agenor servindo os uísques e eu pensando: é por isso que rico é rico. Pra rico, tudo é de graça. Rico não gasta. Dão tudo pra ele.

Pra falar a verdade, o tal do caviar é mesmo um horror. Sou muito mais uma mortadela. Principalmente aquela da padaria do Alentejo, lá na esquina da Javari. Com o pãozinho francês sem o miolo, pegando de leve na chapa. Seu Agenor deu o primeiro gole e estalou a língua:

— O Romário vai fazer falta nesta Copa.

Eu estalei a língua:

— Nem me fale.

Fiquei olhando o seu Agenor, que tinha pagado aqueles 32 mil pra ir para a Copa. Devia ser milionário.

Ele deu uma geral dele mesmo: trabalhava com mineração. Tinha negócios na Nigéria — afirmava que a Nigéria ia ser a sensação da Copa — e na Ásia. Morava em Brasília, que era "pra ficá perto dus home". Era o típico baiano. Gente boa, senti logo.

Foi chegando mais gente e se acomodando. Pessoas que seriam as minhas amigas dali pra frente. Depois de um mês, a gente seria mesmo uma família. Duas coisas eram comuns a todas aquelas pessoas. Como eu, eram taradas por futebol. E, diferentemente de mim, eram todas ricas. Muito ricas.

Eu não tinha nem acabado o meu primeiro uísque e o seu Agenor já tinha partido para o vinho. Francês, me disse. A mocinha já tinha trocado o cinzeiro umas três vezes. De vez em quando, uma voz saía sei lá de onde anunciando os vôos. Era uma voz muito esquisita. Parecia que saía de dentro de um ovo choco. Falava em português e inglês. Eu ficava atento. Já pensou, perder o vôo? Mas isso era impossível, pois o meu companheiro, que não dava a menor atenção ao que a mulher falava, tinha experiência naquelas coisas. Parecia que não era com ele que ela falava. O negócio era ficar grudado no seu Agenor. Perguntei, por perguntar:

— O senhor fala francês?

— Picas!

Por um momento fiquei sem saber se picas era uma palavra em francês que significava "perfeitamente" ou se era picas mesmo, como a gente falava lá na Mooca. Ele:

— E você?

E eu, dominando o pedaço, estalando a língua, em francês:

— Picás!

Passou um sujeito por nós e deu um tapinha nas costas do seu Agenor. Depois, eu ficaria sabendo o nome dele: Geraldinho. Naquele momento, eu ainda não poderia supor que os dois eram amigos há tanto tempo. De várias Copas.

inocente, puro e besta

Quando fomos sair, ele deixou uma nota de dez dólares em cima da mesa.

— O senhor não disse que era de graça?

— Gorjeta, Gregório! Gorjetinha! Provavelmente no ano que vem vou estar de novo aqui. Não custa agradar às meninas.

Pensei em deixar também dez dólares. Mas não deixei, não. Ainda não tinha vendido nenhum ingresso. Pensei: e eu, daqui a um ano, vou estar onde?

Foi nessa hora que eu comecei a encucar com um negócio que eu já devia ter pensado. Como é que eu vou vender os ingressos? Onde? E o mais grave: em que língua? E em que moeda?

Entrei num tubo quadrado e, quando menos esperava, estava dentro do avião. Foi bom, porque chovia muito e eu estava preocupado em como entrar no avião todo molhado.

A aeromoça pegou o meu papelzinho, disse primeira classe, me apontou um rumo e lá fui eu. Achei o meu lugar, vi que as pessoas colocavam a mala de mão em cima, coloquei e sentei. Já tinham me falado do cinto. Coloquei sem problema. A poltrona era boa, larga. Observando e copiando o companheiro de lado, fiz com que ela fosse pra frente e pra trás. Quando ela foi para trás, levei um susto. De baixo dela, saiu um troço pra gente colocar o pé. Me estiquei todo. Mas logo veio a aeromoça — era outra — e disse para colocar a poltrona na posição vertical. Coloquei. Testei o cinto. Tava firme. Do meu lado estava o Geraldinho. Quando ele disse o nome dele, senti o bafo. O cara já estava bêbado. Eram quase oito horas. Uma terceira moça me perguntou se eu queria champanhe francês. A Copa prometia.

Fizeram uma demonstração de como agir em caso de acidentes. Aquilo me deixou muito preocupado. Não havia pensado naquelas possibilidades todas. Tinha macete até para se o avião caísse no mar. Aí o avião subiu. Parecia incrível, mas a coisa subiu.

Era um vôo fretado, só de torcedores, soube depois. Poucas mulheres. Jamais conseguiria imaginar o que poderia acontecer naquele vôo. Superava qualquer imaginação do ser humano. Eu sei que a Magdala não vai acreditar, mas passou, pelo corredor, um galo. Juro! O galo é o símbolo da França, alguém disse. Devia ser isso.

Inocente, puro e besta, como dizia o Raulzito, tinha levado um livro para ler na viagem. *Ivanhoé*. Qual o quê, como diria o Chico Buarque.

Os homens ali dentro estavam fazendo exatamente o que queriam. Viraram meninos, crianças de novo. Quer coisa melhor do que isso? Vestir uma camisa amarela e sair voando por aí?

Tinha, por exemplo, um deputado federal tocando aquela buzina — aquela, sabe, meio corneta? — bem no meu ouvido. Já tinha muito nego bêbado por ali. Coitadas das aeromoças. Não sabiam em que viagem embarcaram. A qualquer momento iam passar a mão na Denise, eu tinha certeza. Muito da gostosa, por sinal.

Resolvi dar um passeio, conhecer a aeronave. Quando fui lá para o fundo é que vi como era ruim lá atrás. Tudo apertado, mal dava para ajeitar o joelho. Aquele negócio que saía de baixo pra gente colocar o pé não tinha lá atrás, não. Percebi que, lá na frente, onde eu estava, era tudo crachá roxo. Ali atrás, os azuis e vermelhos. Era gente menos rica. Deviam ter pagado só uns 20 mil dólares. Pobre sofre mesmo.

Alguém vomitou no toalete, a aeromoça — era uma outra — avisou, o comissário foi tomar providências.

Um casal descobriu, só naquele momento, que o hotel deles era quatro estrelas. Ela estava quase arrancando os cabelos. Jogava a culpa toda nele, dizia que ele ia ter que resolver o problema, que ela, imagine, não ia ficar num quatro estrelas nem morta! Sabia que não podia deixar nas mãos dele...

Informação que vinha lá da primeira classe avisava que o galo tinha vomitado na 3C. Não era a minha.

Duas bichinhas de Uberaba comentavam que estavam indo só pela abertura da Copa. Achavam um luxo.

Tinha um outro que sabia tudo sobre o baixo Pigalle. Mulãrruge era com ele mesmo. Eu, prestando atenção, aprendendo. Disse que tinha os telefones de umas dançarinas. Coisa finíssima. Aliás, disse depois de detonar mais um copo de uísque: pra falar a verdade, nem gosto de futebol. Vou mesmo é pelas francesas. No que um outro retruca: me disseram que elas não tomam banho. Não acreditei.

De repente, além da buzina, aquela corneta infernal, tinha lá um tambor, uma cuíca e um reco-reco. De repente é aquela corrente pra frente. Parece que todo o Brasil deu a mão, salve a Seleção! Todo mundo canta. Uma escola de samba a 10 mil metros de altura.

biquíni de bolinha amarelinha

O comandante anunciou momentos de turbulência e pediu pra todo mundo sentar. Imagina, sentar. O que o torcedor queria mesmo era a turbulência. Bagunça, diria uma criança. Queria bagunçar. Queria a zona total. Deixou pra trás a mulher, os filhos, o trabalho, o penta do cunhado e a macarronada fria da sogra. Ia pra rosetar mesmo. Se deixar, ele vai se vestir de mulher e, triunfalmente, ensaiar um samba em frente ao tal do Arco do Triunfo. Se deixar, ele vai subir pelado na Torre Eiffel e, se ninguém segurar, fazer xixi lá de cima. Se deixar, ele vai colocar um biquíni de bolinha amarelinha e mergulhar no rio Sena em frente à Notre Dame, sem se dar conta de que Notre Dame, em português, é Nossa Senhora, como eu já havia descoberto com o meu livrinho.

Se deixar, ele nunca mais vai voltar.

E eu, volto? Volto igualzinho a como quando fui? Volto pru câmbio do Bradesco?

O filme vai começar. Coloco o fone no ouvido. Estou dominando o avião. Lá fora a temperatura é de menos 40 graus. Quem diria!

Geraldinho ronca. Seu Agenor, depois de uns três uísques, também dorme.

Vai começar *Os Desajustados*. De graça, meu! Tudo de graça. Não sei se rio ou se choro.

Essa coisa não pode cair porque eu não sei nadar. E vou ter um filho. E preciso pagar o seu Gomes.

Dentro do aeroporto, esperando as malas, eu ainda não me sentia em Paris. Foi quando saímos para pegar o ônibus que eu senti a coisa. Eu olhava em volta e ficava pirado em saber que tudo aquilo ali era francês. Tinha uma poeirinha no chão. Aquela poeirinha era francesa. Me agachei e passei a mão. Me lembrei do papa beijando o chão nos aeroportos. Mandaram eu adiantar o meu relógio cinco horas. Achei chiquérrimo estar no Primeiro Mundo, cinco horas na frente do Brasil.

Tudo era francês. Encostei a mão na parede de cimento. O cimento era francês. Igualzinho ao nosso, pensei, mas de Primeiro Mundo. Tava escuro, eram umas duas da manhã. Ficou um farelinho de cimento na palma da minha mão. Deu vontade de guardar, colocar num envelope e mandar para a Dadala.

Ali, houve uma divisão. Eu entrei no ônibus roxo. Até o motorista era francês. A moça da agência, que era — olha a coincidência — a Dayse, também falava francês. Fiquei orgulhoso daquela brasileira. Explicava as coisas para o motorista na maior.

O pano do assento. Engraçado que eu ia achando tudo igual ao da gente. Quase chegando ao hotel, o ônibus fez uma curva e o que é que eu vejo na minha frente, imenso, monumental, todo iluminado às três da manhã? O Arco do Triunfo. Meus olhos ficaram cheios de lágrimas. Foi uma das coisas mais bonitas da minha vida que eu vi assim, de repente. Fiquei danado quando uma mulher atrás perguntou para o marido:

— Pra que que serve? Não tem nem janela...

O hotel, mesmo às três da manhã, era monumental. O que tinha de luz acesa! A mocinha que ia entregar as chaves do apartamento, que depois eu fiquei sabendo que se chamava Sylvia, era da turma da guia. Também de vermelho, com um baita sorriso, me perguntou:

— Síngol?

— Dacór, síngol! (Sentiu?)

Não era chave. Era um cartão magnético. Será que eu ia dar conta? Nessas horas que a Magdala é boa. Danada! Danada a Dadala. Brincando com essas palavras subi para o quarto andar, morrendo de nervoso e com o visual do Arco do Triunfo na cabeça. E o quarto síngol se aproximando, me aguardando.

As instruções do cartão eram em francês e japonês. Mas tinha desenhinho. Na segunda tentativa eu abri o síngol. Não tinha espelho no teto. Mas a cama era esperta, grande. Dei uma geral com a porta ainda aberta. Nada ali que me dissesse o que era síngol. Mas era demais. Em cima da geladeirinha, os preços. Fiz o câmbio rápido e não acreditei: uma latinha, oito paus e quarenta. Água, sete e vinte! Tudo bem, era aquela que tinham me falado, a tal da Perrier, mas, meu!

dessas com cabelos meio enroladinhos que caem pelo ombro

Minha primeira decisão em terras francesas: jamais cair em tentação de abrir a geladeirinha. Jamais, em hipótese alguma.

Seu Agenor passava arrastando sua mala de rodinha.

— Seu Agenor, o quarto do senhor também é síngol?

— Claro! Até mais.

— Té mais.

Preciso descobrir alguém que esteja num quarto que não seja síngol pra saber o que é um quarto síngol. Fechei a porta.

Estava sozinho no quarto. Estava sozinho em Paris. Impossível não imaginar a Magdala ali comigo. Pelo menos para ajeitar as roupas no armário. Ela ia adorar isso aqui. Será que um dia eu vou ter grana pra trazer a Magdala aqui no singolzão? Morar em Paris? Meu Deus, e o telefone? Uma quantidade de botões e desenhinhos que não acabava mais. Instruções em francês, inglês e espanhol. Eu ia me virar em espanhol. Neto.

Pelo preço da água, eu imaginei quanto ia custar uma ligação lá para o Brasil, lá pra casa. Ia ficar metade de toda a grana que eu estava levando. Quando eu acordar, eu mando uma cartinha pra ela.

Eu estava deitado de costas, olhando para o teto. De sapatos. Três e meia da manhã. Eu não ia conseguir dormir. Às quatro da tarde começava a Copa. Aquilo tudo era muito pra minha cabeça.

Tomei um banho — baita banheiro, com xampu deles e tudo — e fui para o Arco do Triunfo. Era depois da esquina. Queria ver a coisa de perto.

A rua que eu peguei se chamava Avenue de la Grande Armée. As calçadas, desertas naquela hora, eram largas, muito largas as calçadas daquela avenida. Não conseguia olhar para o chão. Os prédios me deixavam louco. Todos com sótão ou sei lá o nome daquilo. Tudo mais ou menos da mesma altura. Tudo cinza. Luzes, muitas luzes.

Antes de chegar exatamente ao Arco do Triunfo, sentei num banco, tirei o livro sobre Paris do bolso e dei uma geral em Arco do Triunfo. Cheguei nele sabendo tudo, pensando no Napoleão Bonaparte. Tudo que eu sabia do Napoleão era que ele andava com a mão dentro do peito. Não tinha ninguém lá naquela hora. A coisa é imensa.

— Também está sem sono?

Assim, nas costas, voz de mulher. Em português! Me virei. Antes de falar oi ou que susto, dei uma geral: no máximo 25 anos, altura certinha. Gostosa, pra dizer a verdade. Loira, dessas com cabelos meio enroladinhos que caem pelo ombro. Olho verde ou azul?

— Sem sono também?

Eu ainda não tinha dito nada.

— Te vi no ônibus. Hotel Méridien, né? Muito prazer.

— Prazer.

Ia dar rolo. Senti. E perguntei:

— Teu quarto é síngol?

— Já, assim de cara, você quer saber isso?

Pela reação dela, devo ter dito alguma besteira. A gente estava descendo a Avenue de la Grande Armée, voltando para o hotel. Para o café-da-manhã, que começava às seis. Já estava claro. Lá do outro lado, tinha um outro arco, só que moderno, branco. Amanhã eu vou lá.

— Não, meu quarto não é síngol. Estou com o meu namorado.

Silêncio. Tinha agora duas coisas para pensar: por que ela achou meio esquisito eu perguntar se o apartamento dela era síngol e que namorado é esse que deixa a namorada solta em Paris de madrugada?

No meio do caminho, ela me perguntou:

— O seu é síngol?

— É. Muito bom.

Novo silêncio. Chuto uma tampinha. Será que ela entende de futebol ou só tá acompanhando o cara? A tampinha foi longe.

— Entende de futebol?

— Pode perguntar.

juro que tinha até macarronada no café-da-manhã

— Quem foi o reserva do Zito em 62?

Peguei pesado.

— Pegou pesado, hein? Achei que você ia falar do Marcelinho Carioca, no máximo. Mas o reserva do Zito em 62 foi o José Ferreira Franco.

— Quem?

— José Ferreira Franco, o Zequinha.

Essa menina tá me gozando. Saber que era o Zequinha já é dificílimo. Saber o nome do cara, carái!

— Do Palmeiras.

José Ferreira Franco? Bem, tem o José que dá Zequinha, né?

— Prova!

— Tenho lá no quarto o livro do Orlando Duarte. Depois te mostro. Zequinha.

— Não, que é Zequinha eu sei, o que me impressionou foi você saber o nome inteiro dele.

— Pois é. Agora é a minha vez. Quando foi e em que estádio que o Di Stefano estreou na Seleção Argentina?

E ficou olhando para a minha cara, parada, sabendo que tinha arrasado comigo. Eu não tinha a mínima idéia.

— Você ainda não disse o seu nome.

— Carolina Franco.

— Gregório Mórus, prazer.

Ela não tinha esquecido, não:

— Hein? O Di Stefano? Só o estádio.

— Só o estádio? Só isso?

Começamos a rir.

A Sylvia, de vermelho, disse que ia distribuir o ingresso às dez horas. Eu tinha que começar a pensar em como vender o produto e em que câmbio. Ainda não sabia nem o preço oficial dele.

Abri o livrinho, decorei e desci: já vudré prãdr mõ páti dêjônê. Tomei o café-da-manhã com a Carolina. Por insistência dela. Se é que aquilo pode ser chamado de café. Juro que tinha até macarronada. A palavra-chave, para mim, que queria café com leite e que tinha lido no livrinho, era ankafêôlé. Devo dizer que me saí muito bem. Percebi que a Carolina também não era lá essas coisas, não. No francês, eu digo.

Me despedi dizendo que eu ia descobrir em que estádio o Di Stefano tinha estreado na Seleção Argentina. Era fácil: o primeiro argentino que eu encontrasse daria o serviço.

O elevador já havia aberto a porta quando ela perguntou o meu signo. Aquário, disse rápido. Nem perguntei o dela porque, além da porta fechar, eu tinha um colega de banco, o Batatais, que dizia que mulher que pergunta o signo da gente quer dar.

Dez horas, eu peguei o meu ingresso lá embaixo e voltei com ele no bolso para o quarto. O ônibus para o jogo ia sair à uma da tarde. O jogo era às quatro. Me tranquei no quarto e fiquei olhando para ele. Valia pouco, o filho-da-mãe. Era muito bonito, mas valia pouco. Se eu conseguisse uns 100 dólares por ele, devia me dar por satisfeito. Será que todos os ingressos até o final da Copa iam ser baratos daquele jeito? Barato que eu digo é pensando no seu Gomes.

Antes do jogo ia ter a abertura surpresa. Me lembrei daquelas bichinhas que tinham vindo lá de Uberaba só pela abertura. Perder a abertura? Tava ali, do lado. Quando eu começo a pensar besteira, tenho que passar água na cara. Foi o que eu fiz no banheiro. Só aí que eu percebi que tinha toalhinha para o bidê. Achei chiquérrimo, aquilo. Duas. Já que eu estava ali, coçando, usei o bidê. E me enxuguei com aquela toalhinha francesa, levemente perfumada. Eu queria usar tudo o que eu tinha direito.

No bidê, sentado ali como quem não quer nada, a vontade de assistir ao jogo contra a Escócia começou a me coçar de novo. Meu, lavei a cara e a bunda e ainda tava pensando besteira? Nem pensar, Gregório. Você veio aqui para vender os ingressos. Só pra isso. No "só pra isso" incluí, sei lá por quê, a Carolina Di Stefano.

Onde é que eu enfio essa toalhinha, agora?

com açúcar e com afeto, caprichei no desodorante

Ainda nu, me ajoelhei como se estivesse diante do altar de Deus e estendi a bandeira do Brasil no chão do quarto. De joelhos, estiquei, alisei, idolatrei. Contei as estrelas no azul dos nossos rios, como me ensinaram no grupo escolar. No tempo do grupo tinha menos. Vinte e uma? Nenhuma ruga, nenhuma prega. Ali no chão estava, adormecida e estendida em berço esplêndido, a pátria amada. Pensava nessas coisas, pode? Me levantei, assoviei o início do hino nacional. Devia ter trazido umas garrafas de cachaça.

No chuveiro, cantarolei feliz. Olêêê-olêolêoláááá, Brasil! Fiz a barba com carinho, cigarrinho do lado. Com apuro, passando as lâminas uma segunda vez a contrapelo, como dizia meu avô espanhol. Com açúcar e com afeto, caprichei no desodorante porque hoje vai ser dia de suar a camisa, vai ser uma luta. Dei um trato no cabelo.

Entrei de novo no quarto. Jamais pise numa bandeira. Símbolo máximo, sei disso. Sentei na cama. Coloquei a meia branca. Com as duas mãos puxei cada uma, com jeito, quase até o joelho. Na próxima Copa vou trazer uma caneleira. Cueca branca, limpinha mas amarrotada, lavada no banho de manhã. Mas com sabonete francês.

A primeira camisa, por baixo, é do Coringão. Por cima, a da Seleção, quatro estrelas no peito e todas no coração. Olhei no espelho. Joguei um beijo pra mim mesmo. Por que não? É proibido proibir! Brasil!

Aquela mesma velha calça Lee desbotada, aquele novo tênis branco como a alma. Nike, é claro.

Voltei ao banheiro com meus batons. Pintei, de um lado, o rosto de amarelo. Do outro, verde. Gostei. Dei uma piscada pra mim mesmo. É hoje!

A tiara, onde é que eu guardei a tiara? Verde com losangos azuis. Estrelas em grupos de quatro, do Tetra. Estiquei. Em cima da mesinha passei a palma da mão nela, com devoção. Coloquei na testa. Dei o nó atrás. Traguei gostoso.

Peguei o apito. Apitei. Sorri. Ri. Todo brasileiro tem direito à felicidade. Nem que seja de quatro em quatro anos. É hoje. Carteira, passaporte, tudo em cima. Onde é que está o ingresso?

O cachecol! Nunca usei cachecol na vida. De lã. Escrito Penta. Passei pelo pescoço. Num gesto totalmente teatral, joguei um dos lados para trás. Coisa de bicha, passou pela minha cabeça.

Ergui, icei a bandeira quase num ritual. Amarrei no pescoço. Rodopiei, girei uma, duas, três vezes. A bandeira flutuou comigo pelo quarto. O mundo é meu. Meu pescoço é o mastro nacional, gigante pela própria natureza. Eu sou o Brasil, eu sou todos nós. Valsei pelo quarto. Cantarolei o final do hino, pátria amaaada, Brasil! Zil-zil-zil! Achei e peguei o ingresso. Meti o cartão magnético no bolso.

E saí.

A melhor imagem que eu tenho para dizer como estava o negócio lá embaixo é falar que parecia um baile de Carnaval do Juventus ou do Monte Líbano, desses que a gente vê pela televisão com o Otávio Mesquita entrevistando umas gordas peitudas.

Tinha de tudo, além da orquestra improvisada. Faltavam três horas para a abertura da Copa e estava todo mundo ali. Preparado. O barulho era infernal. Eu era um dos mais discretos.

Estava fácil para vender o ingresso. Tinha gente por ali, franceses, com uma plaquinha "I Need Tickets", que, com o meu inglês de ginásio e câmbio, dava para entender. Estavam oferecendo 100 dólares. Achei pouco. Achei pouco ou não queria vender? Pensei que na porta do estádio o preço devia estar mais alto. Devo confessar que dei uma geral para ver se via a Carolina. Mas tinha muita gente. A Sylvia, de vermelho, apareceu com uma bandeirinha roxa escrito "Staff" e mandou quem fosse roxo que a seguisse. Eu era da turma roxa. Brasil roxo.

Quando entrei no ônibus, já estava lá o seu Agenor com uma latinha de cerveja. Equilibrando, na cabeça chata. Cheia, ele disse — e gargalhou orgulhosamente.

tentei me concentrar em mim

De relance vi, lá no fundo, com um lugar vago do lado, a Carolina. Deixei pra lá. Pensei na Magdala. O ônibus foi enchendo. A barulheira era infernal. Aquelas cornetas. A Sylvia fez a chamada, igual na escola.

O ônibus partiu. Eu ia ver Paris de dia. Mas não deu. Do meu lado, na janela, estava um sujeito fantasiado de Napoleão Bonaparte com um imenso chapéu verde-e-amarelo. Na minha frente, uma carioca com uma escandalosa peruca de plástico nas cores azul e amarelo. O sapato dela, de salto, era das mesmas cores, com uma bandeirinha do Brasil na lateral.

Correu o bolão. Cravei dois a um para o Brasil sem saber que custava 100 francos. Contabilizei, de cabeça: 17 dólares e meio. Não podia recuar. Tinha que dar aquilo. Devia ter posto três a um.

Tentava olhar Paris. Era terça-feira, um trânsito horrível. O filho do Sarney estava no ônibus. Ele, a mulher e dois filhos. Cravou quatro a zero, sob o olhar incrédulo do filho.

Arrisquei uma olhadinha lá para o fundo. Coincidência ou não, a Carolina estava com o pescoço no corredor. Acenei pra ela. Depois achei que não devia ter acenado. Mas eu estava curioso mesmo era para ver o namorado dela. Não dava ângulo. Tinha esquecido de mandar uma cartinha, um postal que fosse, para a Dadala. Depois do jogo eu tinha que ver isso. Não podia me esquecer, em hipótese alguma.

Tentei me concentrar em mim. Tinha que chegar no estádio, dar uma disfarçada, sair do grupo, vender o ingresso e procurar a padaria mais próxima para assistir ao jogo. Mas, quanto mais eu pensava nisso, a vontade de assistir à partida ia ficando cada vez mais forte. Aquele pessoal todo gritando, cantando, as pessoas nas calçadas olhando pra gente, sem entender nada. Com a mão no bolso, eu alisava o ingresso.

Nunca tinha me sentido tão dividido na minha vida.

Comecei a imaginar o seu Gomes vestido de Napoleão, todo verde-e-amarelo, com um apito soprando no meu ouvido e me apresentando um cartão vermelho! Pensei no filho que ia nascer. No peito da Dadala que ia ficar maior ainda e eu adoro peito grande. Que coisa, pensei também no peito da Carolina.

Saint-Denis é uma espécie de Osasco de Paris. A gente andando na rua a caminho do estádio, mulheres e crianças francesas saíam na janela gritando "Bressil, Bressil!", e sorriam, e os ricos fotografavam. Quando viramos a esquina, topamos com um bando de escoceses. Eles levantavam a saia e mostravam a bunda pra gente. De cara deu pra perceber que eles bebiam mais que nós. A gente foi se juntando, batendo fotos juntos. Eu, de olho nas plaquinhas de compra de ingresso.

A uns 100 metros do estádio, entrei num bar que já estava cheio de brasileiro bêbado na maior batucada, para tomar uma cerveja, uma *bière*. Tinha televisão. Lá fora passou a Carolina com o namorado. Namorado? Parecia pai dela. O cara devia ter, por baixo, 60 anos. Boa-pinta, mas coroa. Não devia dar no couro, não. Fui até a porta e segui o casal com o olhar. Que corpinho!

Vendo ou não vendo esse troço?

Ouço um gaúcho dizendo que estão oferecendo 300 dólares por um ingresso. Meu Deus, o que é que eu faço? Me lembrei da Dadala abraçada comigo na porta de embarque me pedindo duas coisas: vender os ingressos e tomar cuidado com as milionárias.

Pedi um uísque. Virei, sem gelo, porque eu ainda não sabia dizer que era com gelo. Paguei. Caro pra burro. Já tinha gastado uns 30 dólares e não estava em Paris nem há 12 horas. Assim não ia dar, Magdala.

Eram mais ou menos nove horas da noite quando eu cheguei ao meu quarto no Méridien Etoile. Primeira coisa que fiz foi olhar no banheiro. Meu plano tinha dado certo. A empregada tinha colocado outro xampu e outro condicionador no chuveiro.

Isso significava que eu podia esconder todo dia os tubinhos e ela ia colocar outros. Isso significava que, quando eu voltasse para o Brasil, estaria levando quarenta xampus e quarenta condicionadores. Franceses. Em matéria de presentes, eu ia arrasar.

Ah, Dadala. Ah, Brasil!

Assisti ao jogo pela televisão de pé e em francês

Alisei o lençol branco da cama e parti para a contabilidade: 300 dólares dos 352 que eu havia trazido mais 300 dólares da venda do ingresso. Vendi para um brasileiro mesmo, um mineiro de Mariana, o que muito facilitou a transação. Era de outro hotel, do outro lado de Paris, eu olhei no mapinha, não ia me entregar. E mais 3.350 francos, o que dava 610 dólares, mais ou menos, que era o dinheiro do bolão que eu tinha ganhado e dividido com uma velha goiana. Tudo somado, em dólares, dava um pouquinho mais de mil. Fora o dinheiro do seu Castilho. Tirei a meia, coloquei uns mil lá dentro, calcei a meia e o sapato. Fiquei mais alto, até.

É, no primeiro dia, eu havia triplicado o meu capital. Dava até para jantar fora, sem exagerar.

Quando eu entreguei o ingresso para o cara de Mariana e ele ficou todo feliz e virou as costas e saiu andando na direção do estádio, me deu vontade de chorar. Chorar, porque eu não ia ver o jogo, nem a abertura, nem conhecer o estádio que, por fora, era deslumbrante. Chorar, porque eu pensei na Magdala na hora H e vendi. Voltei praquele bar, pedi uma *bière* e assisti ao jogo pela televisão de pé e em francês.

Na volta, no ônibus, quando alguém comentou o segundo gol, o do Cafu, eu disse:

— Não foi do Cafu. O gol foi contra.

Todo mundo me olhou espantado dentro do ônibus.

— Imagina, cara, deu até no placar eletrônico. Cafu!

— Gol contra! Quer apostar?

Eu sabia o que estava dizendo. Vi a jogada lá no bar umas seis vezes, de tudo quanto era ângulo. Quinhentos francos. Mais tarde o seu Castilho, depois de ver o teipe, me pagaria, admirado. Como é que só eu tinha visto aquilo tão claramente? Coloquei na meia do outro pé, dentro do banheiro, lá embaixo.

Contabilizado e banhado, desci. No corredor encontro com o seu Agenor e fomos jantar ali perto, no Chez Georges, depois 1926. Não sei como, consegui pedir carninha moída com purê de batata. Uma delícia.

Escoceses bêbados e de saia entravam, qual mendigos, para pedir pão e *fromage*, que é queijo francês fedido.

Devia estar a maior festa no Brasil e eu ainda não tinha dado notícias para a Magdala. Ia gastar um dinheirinho e telefonar. Estava contando isso para o Geraldinho, que tinha acompanhado a gente, quando ele tirou um celular e me ofereceu, completamente embriagado:

— Fale quanto quiser. Hoje é festa.

Eu aceitei, é claro, fui para o banheiro, peguei o papelzinho onde a Magdala tinha escrito uma porção de números que era para ligar para o Brasil. A primeira coisa que ela perguntou foi: vendeu? Claro, meu amor.

Eu queria contar tudo para ela, a viagem, o hotel, que eu ainda não sabia o que era síngol e nem quando o Di Stefano tinha estreado na Seleção Argentina — isso não, melhor não —, mas, em consideração ao Geraldinho, era melhor não abusar. Ela me disse que depois do jogo todo mundo tinha ido comemorar na cantina Balila. Fiquei com inveja, ali no mictório do Chez Georges, depois 1926, ano em que o meu pai tinha nascido. Desliguei, fiz xixi e não consegui descobrir onde era a descarga. Seu Agenor fez questão de pagar a conta. E ainda disse:

— Uma merreca.

Quando entrei no quarto, tinha um bilhete:

"Amanhã meu quarto estará *single*. Carolina."

Deitei e liguei a televisão. Tinha um canal passando sacanagem. De repente parou. Umas coisas escritas em francês e eu entendi que tinha que pagar para continuar a ver. Não ia pagar nada.

Fui dormir todo orgulhoso. Para meu primeiro dia em Paris, eu era um sucesso.

Ali mora a Catherine Deneuve

Hoje fizemos um tour por Paris, de ônibus. O bus lotado, com a Sylvia, sempre com a blusa vermelha escrito "Staff", lá na frente, com a bandeirinha roxa, explicando tudo. O motorista era o seu Manuel, que, apesar do nome, era espanhol. Eu já conhecia quase todo mundo ali dentro.

O seu Agenor, eu já falei dele. O Geraldinho, que já acordava bêbado, suava muito e toda hora o ônibus tinha que parar para ele fazer xixi na padaria (quiosque) da esquina.

Tavam também o Zequinha, filho do Sarney, a mulher e dois filhos. Ele ficava recebendo fax do Brasil e distribuía pelo ônibus. Tava o dono da Arapuã, do Center Castilho, da Samello, do Magazine Luiza, um revendedor Chevrolet, o Zezinho Chevrolet, uns usineiros das Alagoas, um deputado pernambucano, um fazendeiro de Aquidauana que afirmava que metade da cidade era dele e devia ser mesmo. O nome dele era Jorjão e era o cara mais engraçado da turma. E a Teresa Collor, com seu irmão Toninho, que ficaria meu grande amigo. Fora alguns donos de bancos.

É, essa era a minha turma.

No fundo, a Carolina e o namorado, que eu soube que se chamava Ricardo. Parecia ser pai dela, já disse. Forçando, dava até para ser avô. Eu não conseguia entender aquele negócio. Que ele era milionário eu não tinha dúvida. Mas, e ela? Dando o golpe do baú? Com aquela cara de anjo? Pouco a pouco eu estava descobrindo tudo.

Quando passamos pelo Sena pela primeira vez, uma senhora atrás de mim perguntou ao marido:

— Benhê, deram o nome pru rio antes ou depois da morte do Senna?

Torre Eiffel, Louvre, Arco do Triunfo, Sorbonne, Invalides, Saint-Germain (cadê o Raí?), Sacré-Cœur, Ritz Hotel, "daqui saiu a Lady Di para a morte", "ali mora a Catherine Deneuve", "aqui mora o Alain Delon", "ali foi decapitada Maria Antonieta", "ali é o apartamento do Chico Buarque", "aqui fica o Chirac", "vejam a Notre Dame, onde vamos descer e ficar vinte minutos".

Era tudo assim, visto de dentro do ônibus. Descemos perto da Notre Dame, que eu sabia que significava Nossa Senhora. Do lado tinha um bar chamado Delice de Notre Dame. Fiquei imaginando coxinhas da Nossa Senhora, peitos etc., me arrependi, fiz o sinal-da-cruz.

Passa a Sylvia com a bandeirinha roxa. Hora de ir para La Défense. E eu já pensando no ataque. Ah, Magdala, você tem que me entender. Pensava na Magdala como se eu já fosse amante da Carolina, pode? Nunca fui muito metido a conquistador, sempre fui um cara na minha, adoro a Magdala. Mas Paris, gente!, tem um certo, um imenso clima! Impossível não ficar excitado em Paris! Brocho com a voz da Sylvia:

— Gregório, só falta você.

Ela sabia o meu nome. Para ela, eu era igual a qualquer usineiro, fazendeiro ou político que estava ali. Ou banqueiro. E a Carolina, será que ela ficava pensando no que é que eu fazia? Ela, com aquela carinha de rica dela? Ah, se ela me visse num churrasco com a turma do Bradesco.

Voltei à janela, assistindo Paris passar por mim. Parecia um sonho eu estar ali. Que coisa linda! Meu Deus, como eu sou largo. Um microondas nas Casas Bahia. Eu, logo eu, que nem a Bahia conhecia. Ali, subindo a Champs-Elysées, como quem sobe a São João, como quem não quer nada. Preciso passear aqui a pé, mais tarde. Andar por andar. Olhando para o Arco do Triunfo como se já o conhecesse há anos. Aquelas ruas, aqueles prédios de apartamentos. Quem será que dorme naqueles quartos todos?

Nos próximos dias eu andaria o dia inteiro, a pé, por Paris. Ficaria apaixonado pela cidade. Faria planos totalmente absurdos de um dia morar ali. Ia ter que convencer a Maria Alice, a gerente, a abrir uma filial do Bradesco lá. De câmbio eu já entendia. Um dia eu ainda viria morar em Paris.

Eu já estava arranhando o francês.

Só quero te dar um tênis novo

A loucura estava apenas começando. Pra mim e pra minha turma.
No meu quarto, um telegrama entra por debaixo da porta. Dela:
"Te amo pt juízo pt sua Dadala pt"
Cinco palavras. Pensei: "Penta."
A Torre Eiffel não saía da minha cabeça. De tarde eu ia lá. Sozinho. Andar por andar.
Toca a campainha. É o seu Agenor.
— Grande seu Agenor!
Seu Agenor entrou meio sério.

— Tem dez minutos?

— O tempo que o senhor quiser.

— Em primeiro lugar, vamos parar com esse negócio de senhor e seu Agenor. Numa Copa — e esta é a minha quinta —, todos se igualam. Corintianos e flamenguistas, ricos e pobres. Paulistas e nordestinos.

Seu Agenor abriu a geladeirinha, para minha aflição. Tirou a caixinha de gelo, abriu duas garrafinhas de uísque 12 anos e serviu. Tenho certeza que ele percebeu que eu estava preocupado com aquele pequeno gasto que estava aprontando na minha geladeirinha.

— Eu estava dizendo que aqui somos todos iguais. Amigos, entende, Gregório? E eu gostei de você quando te vi chorando lá no aeroporto de Guarulhos. Você é um sujeito bom. Desculpa se filosofo de vez em quando. Tenho apenas o primário, mas conheço a vida, as pessoas.

Eu não poderia imaginar aonde é que o seu Agenor (não consigo deixar de usar o "seu") queria chegar.

— Vamos comprar um tênis para você. Preciso comprar uma bota que vi numa loja aqui perto.

Eu não estava entendendo. Picas.

— Tênis? Pra mim? Mas este não está bom?

Seu Agenor virou o uísque dele num gole, colocou as duas mãos no meu ombro:

— Meu filho, tenho idade para ser seu pai. E sei que você é pobre.

Silêncio total no meu síngol.

— Sei que você vendeu o ingresso do jogo contra a Escócia. Sei que você ganhou a aposta do Castilho porque assistiu ao jogo pela televisão. Vamos comprar um tênis para você. Depois conversamos. Você é boa-pinta, sabe sorrir, cativa as pessoas. Mas o seu tênis denuncia a tua origem. Mesmo porque vai ter um campeonato de tênis aqui no hotel e você me disse outro dia que gosta de jogar.

Fiquei olhando abismado para ele. Ele deu uma gargalhada. Achei que estava me achacando.

— O que você quer? Rachar a grana que eu ganhei do Castilho na aposta?

Ele riu mais ainda.

— Só quero te dar um tênis novo. E comprar uma bota para mim. Tinha algum programa para agora?

— Pensando em ir até a Torre Eiffel.

— Pois a gente compra o tênis, almoça e depois vai até a Torre. Sabia que aqui em Paris tem uma agência do Bradesco?

Pasmei!

Não vou descrever aqui a cena do seu Agenor falando "francês" com a mocinha da loja, a *condonnière*, pois vão faltar espaço e talento para tanto. Mas agora já estávamos no restaurante e eu estava mesmo de tênis novo.

Antes de ir até a loja de tênis passamos na *concierge* e eu fiz a minha inscrição para o torneio de tênis entre os brasileiros. Cem dólares! Quem ganhar leva tudo. Tinha oitenta inscritos. Três dias de jogos, até a ida para Nantes para ver o jogo contra Marrocos.

o que me impressionou na torre eiffel foram os parafusos

Ali, no restaurante, contei toda a minha verdadeira história para o seu Agenor, que me escutava em silêncio. O seu Gomes, o casamento, o microondas das Casas Bahia. A venda dos ingressos.

Ele me prometeu segredo. Não sei por quê, mas eu confiava naquele baixinho. Se eu tinha idade para ser seu filho, ele tinha idade (e experiência) para ser meu pai. Seu Agenor era um dos únicos exportadores de manganês do Brasil. Seu mercado era a Ásia, incluindo a parte russa. Pois estávamos ali no Le Clos Longchamp almoçando e dava para ver ao fundo a Carolina e o namorado discutindo feio.

Seu Agenor, pela posição que ocupava na mesa, não viu, mas eu vi quando o namorado da Carolina deu um tapa no rosto dela, se levantou e passou por nós. E vi ainda que ele pegou a mala na recepção, entrou num táxi e sumiu. Esperava que para sempre. O que me impressionou na Torre Eiffel foram os parafusos. Eles têm uns 3 metros de diâmetro. Fiquei ali olhando para os parafusos e pensando quantos franceses seriam necessários para enroscar cada um deles. Seu Agenor ficou com medo e permaneceu no *deuxième étage*. Eu estava no *troisième*, tendo toda a cidade abaixo de mim. Um vento desgraçado e a mão da Carolina no meu ombro.

— Parece que a cidade é pequena demais para nós dois — ela me disse sorrindo. Nem parecia a menina que eu vi chorando no Longchamp, duas horas atrás.

Acho que deixei o seu Agenor me esperando lá no segundo andar mais de uma hora, porque a Carolina resolveu me contar a vida dela lá em cima.

E eu que achava que ela era uma menina rica, cheia de lero-lero, tive uma surpresa. Ela morava na Holanda e jogava futebol num time feminino. Profissional. Jogava no meio-de-campo e seu ídolo era o Rivelino.

— E o seu namorado? — perguntei, sem comentar que havia visto o tapa.

— Ele faz cinema. Produtor e diretor. Viajou para fazer uns contatos na Bélgica e na Hungria.

Ficamos de sair de noite.

De noite, depois de jogar três partidas de tênis e ganhar as três, dei um trato no corpo e na cabeça. Culpado, passei um telegrama para a Dadala. Estava tudo bem, amava ela e et cetera. Foi fácil ganhar as partidas daqueles banqueiros e usineiros barrigudinhos. Durante anos fui pegador de bolas no Juventus e peguei a manha. Só não segui carreira no tênis por causa do Bradesco. Sabia que eu jogava bem. Já estava nas oitavas-de-final. Mais quatro jogos e eu pegava o prêmio de mais de 8 mil dólares.

O que mais impressionava os ricos do pedaço era a facilidade que eu tinha para calcular o câmbio. Chegava um cara e perguntava: "Gregório, mil e duzentos francos, quanto tá valendo em dólar e em real?" E eu com a minha cabecinha de "câmbio do Bradesco" fazia a conversão em segundos. Percebia que estava impressionando o pessoal. Principalmente depois que ouvi o seu Agenor responder a um senador o que eu fazia na vida:

— Trabalha com banco!

E piscou para mim.

Dez minutos antes de descer para pegar a Carolina no quarto dela, a culpa foi aumentando. A Dadala martelava a minha cabeça. Liguei e disse que estava com dor de cabeça e muito cansado com as partidas. Transferi o problema para o almoço do dia seguinte.

Fui jantar com o seu Agenor e o Geraldinho — pela primeira vez sóbrio (o Geraldinho) — num italiano ali perto do Méridien. E o Geraldinho contou a sua história.

Titular de Literatura da Universidade Federal do Rio de Janeiro, havia ganhado 600 mil reais na loteria comum. Comprou um apartamento por 200 mil para ele, a mulher e as duas filhas, deu 200 mil para a mulher fazer o que queria e disse para ela:

— Com esses 200 mil que sobraram, vou fazer o que eu sempre sonhei na minha vida. Assistir a uma Copa do Mundo, com toda a mordomia do mundo. E só volto quando gastar os 200 mil dólares na Europa. Posso levar um ou dois anos. Ou um mês. Mas um dia eu volto, Geraldine.

dar um beijo em sua boca e seja-o-que-deus-quiser

Seu Agenor soltou a gargalhada:

— Nunca poderia imaginar que um professor de Literatura pudesse gostar de futebol.

Nós três estávamos mesmo virando um belo trio. Os Três Mosqueteiros, como diria o Geraldinho.

Nos dois dias seguintes, tentei evitar a Carolina. Ganhei o campeonato de tênis e embolsei mais 8.700 dólares. O que eu tinha já dava para pagar o seu Gomes. Mas eu queria mais, muito mais.

No dia 16, partimos cedo de trem-bala para Nantes. Não vendi o ingresso. Vi os três a zero contra Marrocos. Ronaldo, Rivaldo e Bebeto.

Dia 17, dez da manhã, a Carolina toca na minha porta. Eu abro, ela entra, coloca sua imensa bolsa em cima da cama, senta e começa a chorar.

— Eu não vinha aqui. Tinha que ir ao banco ver uns negócios para o Ricardo. Mas não sei o que deu. Quando eu percebi, estava batendo aqui. Desculpa te incomodar.

Deitou na minha cama, chorando. Não soube o que fazer. Eu quieto e ela chorando, de bruços. Manhã quente, ela de bermuda. Sua perna era linda. Aqui ou ali algum hematomazinho do futebol. Seus seios eram abundantes e ficavam arfantes com o choro. Porém, firmes. A Dadala que me perdoasse. Ia ser uma vezinha só. Não sou de ferro, como diria depois para o seu Agenor e o Geraldinho. Fui chegando perto dela, alisando o cabelo loiro. Ela foi se aconchegando nas minhas pernas. Quando eu fui descendo para dar um beijo em sua boca e seja-o-que-Deus-quiser, ela desandou a falar.

Resumidamente, disse o seguinte: sim, ela jogava mesmo futebol. Mas era fazendo filme pornográfico na Holanda que ela ganhava dinheiro. Seu namorado a explorava. Eram filmes ilegais, sem pagamento de impostos, sem registro. Me contou tudo sobre a máfia da pornografia européia. Ela queria sair daquilo, mas estava muito envolvida. Chorava, chorava. Disse que estava apaixonada por mim e que não era uma garota de programa, era uma atriz, que tinha vindo para a Europa para fazer carreira, mas conheceu o Ricardo e a vida dela virou um inferno. Contou que ele batia nela.

Tudo aquilo foi me deixando mais excitado ainda. Comecei a lembrar de filmes de sacanagem, com aquelas meninas fazendo aquelas coisas todas. Mas, ao mesmo tempo, pintou um dó danado daquela menina perdida lá na Europa, chorando no meu colo.

— Me tira disso, Gregório! Me tira disso! Você é rico, conhece todo mundo. Me arruma um outro passaporte. Pelo amor de Deus.

Levantou-se, entrou no banheiro e eu fiquei ouvindo o banho dela. Dadala, me perdoa, mas eu tirei a roupa e fiquei só de cueca. Ela saiu enrolada no roupão branco do hotel, demais. Pulou em cima de mim, mordeu os meus lábios e murmurou no meu ouvido:

— Tem camisinha?

Eu não tinha. Ela fez questão. Se vestiu em um segundo e saiu correndo do quarto.

— Segura dois minutos. Tem uma farmácia aqui na frente do hotel.

Eu estava no quarto andar, portanto ouvi o barulho da freada, o barulho da batida e gritos em francês. Corri para a janela. Não havia dúvida. Havia uma loira lá embaixo. De bermuda. E morta. Desci, vi a cena de longe, a ambulância chegando, a polícia, a rua isolada. Um time na Holanda acabara de perder seu meio-de-campo. Segurei o choro. Aquela menina era gente fina.

Voltei para o quarto, tomei um banho frio e vesti o mesmo roupão que ela havia vestido. Deitei na cama e fiquei olhando para o teto. Abri uma garrafinha de vinho que havia comprado na rua. Um tinto. Comecei a procurar o copo, esbarrei na bolsa dela. Servi uma dose, senti o gosto do vinho francês — rico gosta de vinho, já havia percebido. Ela disse que ia ao banco, quando chegou. Não resisti e abri a sua bolsa.

Mas o Brasil estava distante de mim

Lá dentro havia um pacote com 300 mil francos franceses. Mais ou menos 50 mil dólares. Devia ser do cafetão, o Ricardo. Contei nota por nota. E, a cada nota, pensava: ele jamais saberá que esse dinheiro ficou aqui no quarto andar. Jamais! Deus existe, pensei seriamente. Olhei pela janela. Carolina não estava mais lá. Carolina não existia mais. Meu filho teria uma vida mais digna.

Precisava contar para alguém. Seu Agenor, é claro. Ele foi mesmo um pai, depois de ouvir toda a história.

— Ninguém jamais, em tempo algum, saberá disso, Gregório. Ninguém! Esse dinheiro é seu. Troque por dólar. Mas não aqui na França. Esse Ricardo pode ser perigoso. Vai farejar tudo. Vamos para a Suíça. De noite estamos de volta.

Não era nem meia-noite quando voltamos. A Suíça era ali mesmo e eu havia aberto uma conta lá. Eu, Gregório Mórus, tinha uma conta numerada na Suíça com 60 mil dólares! Eu! Nessa noite o jantar correu por minha conta. Soube que o corpo da Carolina seria enviado ao Brasil no dia seguinte. Em paz.

Fiquei até as três da manhã andando sozinho pelas avenidas de Paris, pensando na primeira semana na França. Olhando os prédios, as fachadas, as entradas, os grandes portões da Avenue Montaigne, depois Boulevard Saint-Germain. Pensei no Raí, pensava na Carolina, pensava na Suíça. Como Proust (aprendi essa com o Geraldinho), acabei no café-da-manhã do Ritz Hotel. Quase 100 dólares de café-da-manhã. Mas valeu. Tinha umas pessoas lá do meu grupo do Méridien. Quando elas passavam por mim, caprichava com o garçom:

— Je vu remersi de lakoei cordial, messiê. Je vu suí biã reconessâ.

Agora eu estava sozinho no Ritz. Funcionários limpavam o chão. Já eram 11 da manhã. Ali, sozinho, fazia um balanço da minha vida nos últimos dez dias. Estava preocupado comigo mesmo.

Bom na matemática, logo cheguei à conclusão de que o dinheiro que eu tinha na conta da Suíça equivalia a 160 salários meus lá no banco da Mooca. Ou seja, eu precisaria trabalhar 13 anos e meio para ganhar aquilo. Comecei a achar que estava ficando ganancioso. Pois a cada jogo o bolão aumentava e se comentava lá no hotel que, se o Brasil fosse para a final, o bolão entre a turma seria de mil dólares o palpite.

Dois dias depois fomos para Marselha e o Brasil perdeu para a Noruega. Achei que não ia ter bolão nenhum de finalíssima.

Mesmo com a derrota, eu estava orgulhoso do meu Brasil. Na primeira vez que saímos de Paris para jogar fora, contra Marrocos, em Nantes, até o Exército francês estava na Gare du Nord para o embarque da torcida brasileira no TGV, o trem-bala. Achando que a gente era bicho. Agora, para o embarque para Marselha, apenas um ou dois guardinhas lá na estação de trem mesmo. A gente estava conquistando Paris. E Paris me conquistando.

Meu Deus, o que eu vou fazer com aquele dinheiro todo?

No jogo contra o Chile eu só fui porque era em Paris, porque eu estava mesmo era preocupado com os negócios.

Eu, o seu Agenor e o Geraldinho tínhamos planos. Altos planos. No saguão do hotel só se falava em negócios, em dólares, em árabes, em Ásia. E lá no Brasil o Lula e o Fernando Henrique disputavam, mais uma vez, a Presidência da República. Mas o Brasil estava distante de mim. Cada vez mais distante.

Reagi, comprei um celular descartável e liguei para a Dadala. Mas não falei da grana, não. Sei lá como é que ela ia reagir.

— Meu amor, o bebê está mexendo...

Sabem quanto tá o dólar lá no Brasil?

Fomos jantar — eu, o seu Agenor e o Geraldinho — em Saint-Germain-des-Prés, por conta e risco do professor de Literatura. Ele se sentia em casa:

— Depois da Segunda Guerra Mundial, isso aqui se tornou famosíssimo pelo mundo dos intelectuais. Surgiram os grandes cafés, bares existencialistas...

— O que é isso? — perguntou o seu Agenor.

— Sartre, já ouviu falar em Sartre? Pois é, bares existencialistas, movimento feminista. Barzinhos em porões. Fora a quantidade de faculdades que já existiam. Sou mais Saint-Germain do que o Quartier Latin.

E pediu mais vinho. Brindamos e o seu Agenor, sempre com aquela voz de paz e sábio, tomou a palavra:

— Vou lhe dar um conselho, Geraldinho. Você me disse que tem 200 mil dólares aqui na França.

— Cento e cinqüenta. Já foi metade com o pacote da Copa.

— Pois que seja. Não tenho nada a ver com a sua vida, mas, se eu fosse você, deixava para torrar isso daqui a uns seis meses.

— O quê? Voltar para o Brasil?

O seu Agenor, eu sabia, farejava dinheiro. Vivia de ganhar dinheiro. Eu perguntei:

— Pode-se saber por quê?

— Bom vinho, Geraldinho. Você está aprendendo a beber, menino. É o seguinte: tenho falado com o Brasil direto. Tocado os meus negócios. E a Ásia, que é o continente que mais me deve, está atrasando cada vez mais os pagamentos. Filipinas, Rússia, China, Japão... Tão atrasando. O povo lá tá sem dinheiro. Estão me entendendo?

Mas chegou a comida e a gente caiu de boca, deixando os problemas econômicos do seu Agenor pra lá.

Já devia ser meia-noite e estávamos em frente à universidade de Sorbonne. Geraldinho:

— Foi fundada na Idade Média, já pensaram? Aqui, em maio de 1968...

Seu Agenor cortou o mestre.

— Vocês querem falar da Ásia ou não?

— Pra falar a verdade, estou mais preocupado é com o jogo com a Dinamarca.

— Sabem quanto tá o dólar lá no Brasil? Zero ponto noventa e sete. Praticamente um por um. E eu estou sentindo que a Ásia vai quebrar. E o dólar vai para dois e meio em seis meses. Não gastem dólares.

Mas eu e o Geraldinho não estávamos mais ouvindo aquilo. Direcionamos o corpo para um boteco e caímos na mesa.

— Champanhe francês para todo mundo!

E ficamos bebendo e deixamos a Ásia pra lá.

Foi quando o seu Agenor deu a idéia de ir para o Cassino. Ou cazinô, como dizem os franceses. E caímos na besteira de ir. Feliz e infelizmente tínhamos pouco dinheiro no bolso. Perdemos uns 3 mil dólares em menos de uma hora. Só nos restavam os ingressos do jogo contra a Dinamarca que a gente tinha recebido ao sair do hotel. De pilequinho como estávamos, vendemos cada um por mil dólares. E perdemos tudo.

Os três abraçados, fora de Paris, procurando um táxi.

Entramos e o seu Agenor disse em português mesmo:

— Missiê, vamos para a Ásia!

No que o mestre de Literatura emendou:

— A Lua vem da Ásia!

Uma chuva imóvel caía sobre a vaca de nariz sutil que pastava nos arredores da Cidade Luz.

ronaldo triste, cansado, evitando a imprensa

O bolão do jogo contra a Holanda arrecadou quase 30 mil dólares. Coloquei três a zero para nós e não ganhei nada. Várias pessoas acertaram a vitória nos pênaltis.

Agora a gente tinha pela frente a França, que havia chegado até ali aos trancos e barrancos. Morte súbita contra o Paraguai e nos pênaltis contra a Itália. Depois ainda pegou a moleza da Croácia.

E o Brasil. Eu precisava estudar o jogo. Estava de olho no bolão. O Cafu voltaria para a lateral no lugar do estabanado Zé Carlos. Os Três Mosqueteiros foram ver o último treino do Brasil.

Enquanto o seu Agenor e o Geraldinho discutiam jogadas e armações táticas, eu estava de olho noutra coisa. Nos celulares. Quando o ônibus chegou da concentração para o treino, todos os jogadores — todos — desceram falando no telefone. Ainda fiz uma piadinha interna: mas eles não estão concentrados? O Ronaldo tinha três celulares. Sentado no banco de reservas ele revezava entre um e outro e outro. Devia ser a mãe dele contando que tinha brigado com a amante do pai, a namorada dizendo que não estava de caso com o jornalista da Globo, a Inter querendo saber do joelho dele, a Nike querendo impor a cor da chuteira. No meio do campo, o Zagalo gritava.

Ronaldo triste, cansado, evitando a imprensa. E os seus celulares não paravam de tocar.

Pensei: "Esse negócio não vai dar certo. Ninguém está concentrado. O Brasil vai perder esta Copa." O pensamento veio firme na minha cabeça. "Vamos perder. Vou jogar contra o Brasil no bolão. Mas e aí? Vou ter que torcer contra?" Mas é que estava tão na minha cara que ia dar caca, que eu não tive dúvida.

Cheguei ao hotel, procurei o seu Castilho, que ficava com a grana das apostas, escrevi três a zero, coloquei meu nome, meu passaporte e o número do meu quarto no papelzinho. Coloquei dentro do envelope, colei tudo e entreguei para o seu Castilho com dez notas de 100 dólares.

E não fui ao jogo. Fiquei no meu quarto, esperando a hora. Claro que, se o Brasil fizesse um gol, eu perderia e iria torcer como nunca para nós. Tinha meus raciocínios prontos. Queria que o Brasil fosse campeão mas, se perdesse, que fosse de três a zero. Duvido que alguém tivesse colocado esse resultado. E o bolão, quando o ônibus saiu, já estava em 182 mil dólares. Mais 60, fiz a conta, fico com 242 mil. Tirando os 10 do seu Gomes, que eu já mandei ontem para a Dadala, compro 2 mil de presentes e volto com 230 mil dólares para o Brasil.

Céus, eu estava mesmo era sonhando. Minha mala já estava pronta. Iríamos partir de madrugada. Saída do hotel às três da manhã. Dentro da mala, quarenta xampus e quarenta condicionadores. Tudo escrito na língua do Marquês de Sade, como diria o Geraldinho.

Brasil: Taffarel, Cafu, Aldair, Júnior Baiano e Roberto Carlos; Dunga, César Sampaio (Edmundo), Leonardo e Rivaldo; Bebeto (Denílson) e Ronaldo.

O juiz era marroquino e diziam que ia favorecer os franceses, porque nós havíamos eliminado o Marrocos quando perdemos para a Noruega. Fofocas de uma Copa do Mundo.

Faltavam cinco minutos para começar o jogo quando bateram na porta. Não acreditei. Seu Agenor e o Geraldinho também não haviam ido ao estádio. Haviam feito o mesmo que eu: apostado na França. Um a zero o seu Agenor e dois a zero o Geraldinho. Quando eu disse que cravara três a zero, juro que ficou um certo mal-estar no quarto. Nos sentimos três traidores da pátria.

Não rimos. Ficamos em silêncio até os 27 minutos, quando o Roberto Carlos foi fazer uma gracinha perto da bandeirinha. Córner, como disse o seu Agenor. Zidane colocou a bolada nas mãos do seu Agenor.

Agora era torcer para a França fazer mais. Ou o Brasil fazer um e aí a gente ia virar Brasil de novo.

No intervalo, o seu Agenor resolveu fazer um discurso:
— Vamos esquecer o resultado do jogo e do bolão. Vamos falar de negócios. Negócios. Temos só mais umas oito horas juntos. Estamos juntos, os Três Mosqueteiros, há quarenta dias. Somos os Três Mosqueteiros!!! Ou não somos?

Geraldinho, já de pilequinho:
— Um por todos e todos por um!!!
— *Vive la France. Vive Paris!*

Adeus, banco, adeus, universidade federal

Estávamos aos 46 minutos do segundo tempo e o Geraldinho comemorava. Dois a zero para a França e já sonhando com a grana no bolso dele. E eu ainda torcia pelos franceses. Aí aquele loirinho de rabo-de-cavalo, chamado Petit, dispara pela esquerda, espera o Taffarel sair e chuta no canto. Coloca a grana no meu bolso. Geraldinho brochou. E seu Agenor, sempre sábio, tomou a palavra:

— Um por todos e todos por um. Vamos fazer negócio. Juntar os dólares de nós três e fazer uma aplicação comum. Posso garantir que até março a gente quase triplica o lucro em reais.

Mas um outro doido havia colocado três a zero para a França. Ganhei — e recebi na hora — 91 mil dólares. Com o que tinha no bolso e aplicado na Suíça, tinha pra mais de 140 mil dólares.

— Deixa comigo — dizia o seu Agenor.

Não pegamos o vôo de volta na manhã seguinte. Fomos para a Suíça. O plano era esperar o dólar disparar e abrir um negócio de manganês no Amapá. Adeus, banco, adeus, Universidade Federal. Nossa firma já tinha até nome: Agegre-G. Age de Agenor, gre de Gregório e G de Geraldinho.

A Dadala não ia acreditar. Seu Gomes estava garantido. Meu filho que já mexia também.

Por conta do seu Agenor — era mesmo um pai —, ainda fomos conhecer Amsterdã. De lá, cada um tomou o seu rumo. Foi uma bela Copa, não posso deixar de dizer.

A Dadala fez uma macarronada lá em casa e eu dei xampu para todo mundo. Fiz o maior sucesso. Não contei para ninguém dos meus dólares e das negociações com o seu Agenor e o Geraldinho. Só mais tarde, de noite, na cama, só eu e a Dadala, depois de mostrar serviço e provar a saudade e a fidelidade, e tomando cuidado com a barriga, foi que eu contei tudo.

— Sim, estamos muito ricos. Mas, a partir de março, estaremos muito mais. Esse bebê vai nascer em Paris, *mon amie*. *Argent! Argent!*

Na segunda-feira, como quem não quer nada, assumi meu posto no banco. Tive que contar muitas histórias. Todo mundo queria mesmo era saber o que tinha acontecido com o Ronaldo.

E assim os meses foram passando. O dólar estável, a barriga da Dadala crescendo. E eu fazendo planos. De vez em quando, falava com os celulares do seu Agenor e do Geraldinho. Nossos planos cresciam. Seu Agenor garantia. O dólar vai disparar.

Não deu outra. Janeiro, fevereiro e março. A moeda americana foi para dois e tanto. Eu já tinha mais de 500 mil reais na Suíça.

Foi quando os celulares do seu Agenor e do Geraldinho só davam "fora de área".

o fim

Tive que faltar ao banco numa segunda-feira para ir até a agência que nos levou para a Copa, atrás do paradeiro do seu Agenor e do Geraldinho. Fui informado de que não havia nenhum Agenor na excursão. Procurei o seu Castilho, que falava francês, e pedi que ele ligasse para o banco na Suíça. Dei o número da minha conta. Pediram para fazer tudo por fax. E foi por um fax que eu soube que não havia nenhum dólar naquela conta.

De noite, procurei o seu Gomes, o agiota, e fiz um empréstimo com ele. Algo em torno de 4 mil reais. Uns míseros 2.500 dólares. Merreca.

No dia seguinte, lá no câmbio do banco, continuava a ver o dólar subindo.

Nunca mais achei o seu Agenor e o Geraldinho, que, segundo fui informado, nunca deu aula de Literatura na Federal do Rio de Janeiro.

Em 2002, não fui à Copa da Ásia.

Quem sabe agora a da Alemanha? Preciso fazer uma visitinha às Casas Bahia.

Custa? Prestações a perder de vista.

Conheça mais sobre nossos livros e autores no site
www.objetiva.com.br
Disque-Objetiva: (21) 2233-1388

markgraph

Rua Aguiar Moreira, 386 - Bonsucesso
Tel.: (21) 3868-5802   Fax: (21) 2270-9656
e-mail: markgraph@domain.com.br
Rio de Janeiro - RJ